サンタバーバラの夏休み

水田宗子

思潮社

サンタバーバラの夏休み

水田宗子

思潮社

目次

装画＝森 洋子

Ⅰ　動物の夢
うさぎの夢　9
ライオンの夢　19
きりんの夢　25

Ⅱ　山火事の夢
真夏の夜のお話　33
後始末　41
馬の話してくれたこと　49

Ⅲ　おじいちゃんの夢　レクイエム
かまきり　57
金魚　63
野球の話　73
生まれ変わり　79

あとがき　85

I　動物の夢

うさぎの夢

サンタバーバラの夏休み
シルベニア村のお母さんみたいに
エプロンかけて孫たちのご飯作り
朝はみな引き連れて海へ散歩
崖の道にはうさぎの巣穴があちこちにある
うっかり突っつくと
蛇が出てくることもある
間違えた！
でも覗きたい
足元をさっと何かが横切った
チョッキ着ていた？

原稿の遅れを詫びに出かけた
大切なものを失ったので
わかります　わかります
時を差し上げます

腕時計をちらちら見ながら
せかせかと時をくれた
物わかりのよい編集長
椅子の背後にうさぎの置物がある
うさぎがお好きなんですか
こうして
時抱えて追い出された

孫のアニカはうさぎが大好き
といってもぬいぐるみ
それもピンクでなきゃだめ
不安な時の守り主
ピンクってセキュアリティ
飽きるとポイと捨てられて
放りっぱなし
台所のすみに

ピンクの耳さらして
ピンクって厄介
必要な時どこに棄てたか忘れてる

お隣りのおばあさまはいつも寝ている
うさぎの耳をしっかり握って
老女になったアリス
とうとう捕まえたな
耳握りしめて
人生の終わりを夢見ている
耳摑まれて
うさぎはぐったりしている
もう観念した
しばらくばあさんの夢につきあうしかないな

わたしの夢で

うさぎはいつもおじいさん
真っ白な長いひげ
チョッキ着て
鼻に眼鏡かけてる
アリスの前をさっと横切っていった
あのうさぎの晩年？
でももうせわしなく働かない
短距離走者も引退
マラソンはもちろん今でも苦手
今は穴の番人
取ったらすぐに逃げた昔
隠れるが勝ち
略奪品で穴いっぱいにした
晩年は遺失物係
しっかり守るのがビジネス
落としたものは必ず見つかる

失くした時もきっと見つかる
ごっちゃまぜになって
あの時　この時
どこかに引っかかったままの時も
何でも取り出せる
マジシャンの穴袋の番人
覗いてご覧

リバーサイドの家にもうさぎがいた
真っ白な兄弟
いつも無言で一緒の行動
籠の中でも
部屋に放されても
兄が先か弟が後か見分けつかない
兄の尻尾追い
弟の尻尾追いかけ走る

旅に出る時
ハウスキーパーのソフィーにあずけた
ソフィーは兄も弟も食べてしまった

原稿書かなくていいので
もらった時をうとうと使う
夢で兄弟うさぎに出会った
近づくと
耳打ちしてきた
ソフィーを食べちゃった

どうしているかと探していたソフィーに
うさぎのお腹の中で会えた
食べちゃった
食べちゃった
やっぱりうさぎは男に限る

運がよくてもついてなくても
稼いで逃げて
何でも詰め込み
せかせか
時を攪乱する
魔法の長耳
誘惑の道具

ライオンの夢

サンタバーバラの動物園では
たてがみの立派なライオンが主役
時間になると
石の上に座って
うおーと吠える
子どもたちの人気者
吠え声を聞きに集まってくる
吠え終わると
そのまま昼寝
従えるは
一頭の雌ライオン
吠え声が消えると
子どもらは遊びに戻り
大人たちは何か悲しい気分
帰り道
一人でそっと吠えてみる

うおー
子どもはいないライオン家族
威嚇する雄たちの姿なく
獲物を追う必要もなし
安泰な老後
あの吠え声
何と言ったのかな
ドクタードゥリットルに聞いてみなければ
もしかして
明日また来てね

おばあさまは寝ながら吠える
あの日吠えたかったこと
もっと激しく吠えたかったこと
何だったか忘れたが
寝ながらもう十分吠えた

昼寝も飽きた
これからどうして生きようか
だがふと目が覚めると
吠えていたと感じる
何かがそこにいたと

ライゾウの守護神はライオン
動物園で買った
ぬいぐるみ抱いて寝る
見たことのない荒野
まだ見ぬ恋人
けんかの相手はお兄ちゃんだけ
泣けば負けてくれる敵
立派に吠えたい気持ちは
なんだかわかる
たてがみかざして

空を睨み
勝利宣言
ぼくここにいるぞ
吠える衝動抱きしめ
お兄ちゃんに寄り添って寝る
(こうして寝れば怖くない
お兄ちゃんも守るぞ)

きりんの夢

カヤの家族はきりん一族
パパは196センチ
でも　パパのお兄さまは198センチ
お姉さまは180センチ
おじいさまは196センチ、おばあさまは180センチ
パパの甥たちは二人とも199センチ
みんな走るのが得意
パパはアムステルダムマラソンも走った
みんな無口で行動的
バックパック担いでウィルダーネス派
ママだけがよそから来た変わり者
背は低くて走るのが遅い
家にいるのが大好き
食べ物もお米が主食
お味噌も毎日なくちゃだめ
おしゃべりも命令も好き

カヤの家は天井が高い
洗面台も料理台も
ベッドも高い
カヤとママは踏み台に乗って
毎朝一緒にお顔を洗い歯を磨く
ママのお料理も踏み台の上

べろりとなめられた
首より長い舌
行列に並んで
餌付けの時間待ちのあげく
奉仕の夏休みなんだから
べろり一秒
はいお次ぎ
長い首のボトルいっぱいの
唾液が注がれた

こりゃたまらん
手のひらいっぱいのねばねば
お礼かな

樹がないのにはもう慣れた
ここはそもそも砂漠なのだ
まばらに植えられた高い樹の葉っぱを
これ見よがしに食べることがお仕事
決まった時間に
子どもたちから葉っぱをもらうことも
たいていは親からなのだが
腹はあんまり空いてはいないが
それがお仕事
走る夢見たこともあったが
走ったことないので
あれはおかあさんの見た夢か

長いのは首だけじゃなくて
脚もなのだが
ここでは役立たず
もう少しおいしい葉っぱだと
もっといっぱい唾液やれるのだが
腕まで垂れるほど
みんな声あげて喜ぶんだから

ぬいぐるみのきりんは不人気
飾っておくにはいいけれど
抱くにはふわふわが足りず
男らしくも女らしくもない
怖い夢も見せてくれない
やっぱり使い道は
おばあさまのお握り
長い首が摑むのに最適

きりんと一緒に見る夢
空襲のさなか
敵の弾丸逃れて
子ども引きずって
走った　走った
あの昔

Ⅱ　山火事の夢

真夏の夜のお話

夏休みだけ過ごすおうち
たくさんお部屋があって
プールも池もある
野菜畑とぶどう畑
オレンジとレモン
ブルーベリーとラズベリー
ここの持ち主は
きっとお百姓さんだ
夏のあいだどこにいるのかな
はじめにパパの親戚が来て
その後ママの兄弟たちの家族が来て
ママの昔からのお友だちの家族も来て
子どもだらけ
ついに
日本からおばあちゃまも来た

スーツケースいっぱいお土産持って
ぬいぐるみとミニカー
お絵描きの道具と絵本
大好きな味付け海苔
八人の孫に
いっぺんに会うんだから

八月はお誕生日の月
わたし
おばあちゃま
ひいおばあちゃま
おじちゃま二人
今年生まれたばかりのいとこ
毎日がお誕生日のパーティ
風船とケーキ
プレゼントの包み

リボン
ピンク　アカ　ブルー

夜になると
大人たちは
いつも
来年の話をする
このおうち
来年は借りないんですって
きまって
山火事の話をする
ハイウェイが
逃げ出す人たちの車で
埋め尽くされたのですって
いつもはがら空きの
あのハイウェイ

浜辺
町なか
どこに
そんなにたくさんの人たちが
隠れていたのかしら
馬や犬、羊や山羊、牛や鶏
猫や鳥籠や虫籠
コヨーテや狸
どこからか集まって来て
鳴き声と走る音の
渦巻き
燃える樹々
飛び散る火の粉
真っ暗な夜が
真っ赤な焔の
塊になったのですって

わたしはもっと聞きたいのに
いつも抱かれて
ベッドへ連れて行かれる
来年は来ないのだから
山火事を見ることはできない
昼間はあんなに色とりどりのパーティ
夜のお話は
赤一色の世界

でも
山火事は
いつも
夏の夜のお話
一人ベッドで
思い描いても

いつの間にか眠ってしまう
真夏の夜の夢

後始末

あそこまで焼けたんだよ
パパが街への行き帰りで
決まって指差して教える
山火事の跡は真っ黒こげ
近くには
家も
農場も
馬小屋もある
ここは砂漠の山で
高い木々があんまりないから
藪火事なんだ
とパパが言う
だから
火が回るのが早いんだ

ぼくは山火事を見たことはないけれど
消防士になるのが夢
借り別荘の持ち主には
男の子がいて
その子の部屋には
消防士のアウトフィット一式
巨大なおもちゃの消防車
救急車もある
消防署も立派なんだ
夏のあいだ使っていいんだ
ぼくは毎日消防士
ママは買ってはくれない
魔法の消防士服着て
はしごをすべり降り
消防車を運転して
現場へ駆けつける

ぼくの役目は山火事消し
丘を駆け上り
遠くから足下まで
ホースで水をまく
家が焼けたら
来年は来られない
ぼくは毎日懸命に働く

おばあちゃまが来て
買ってあげましょうよ
と言う
あんなに好きなんだから
だめです
とママ
すぐに飽きちゃいますよ

夏のあいだだけ
他の子のものだから
あんなに夢中なんですよ
来年はもっと大きくなって
違うものに夢中ですよ

ママはわからないのだ
ぼくがしているのは
後始末なんだってことを
それをしなければ
来年
ぼくは大きくなんかならない
ぼくに見えるのは
黒こげの山肌
大人は火を消したけど
黒こげ跡を消さなければ

ぼくの山火事は終わらないんだ
ぼくは消防車運転できないし
ぼくのホースから水も出ない
でも
黒こげ跡を消さなければ
いつまでも
山火事はあそこで燃えている
ぼくたち
来年は来ないかも知れないって
パパが言っていた
今消してしまわなければ
燃え続ける
目の中の黒こげ跡
大人たちはしてくれない
後始末を
魔法のおもちゃでしてるんだ

だから
ぼくは毎日忙しいんだ

馬の話してくれたこと

馬が欲しい
と言うと
だめ
いつもすぐにママが言う
サンタバーバラには馬がいっぱい
どこのうちでも飼っている
乗馬服着たお兄さんやお姉さんたち
パパやママに抱かれて
手綱を握っている子どもたち
お祭りの時には
おまわりさんの騎兵隊でいっぱい
本当に馬に乗りたかったのだ
脚が速くて
遠くまで行けそうな気がする
ママは
ロバはどう?と言った

おとなしくて荷物も運べる
パパは笑って
ロバはママより強情だよ
なかなか言うこと聞かないよ
ポニーはやさしいけど
弱虫なんだって
やっぱり馬だ
馬なんて飼えないよ
パパもママも冷たい
夏の一日
隣りのおじいさんが
馬に乗せてくれた
おじいさんの馬は
ずいぶん年寄りだそうだ
たいていは何もしていない
夕方になるとおじいさんを乗せて

街まで出かける
ぼくを一緒に乗せてくれた
馬の背中は高くて固い
おじいさんが言った
山火事の時
こいつはどうしても動かないのさ
火がだんだんと近づいてくる
ここから早く逃げなければ
こいつは前にも後ろにも動こうとしない
強情なやつさ
このままだと二人とも死んじゃうぞ
と言ったんだが
仕方ないからあたりに水をまいて
山の火が
洪水のように押し寄せるのを
ただ見ていたのさ

ひたひたと川が流れるように
地を這ってやってくるのさ
こいつはすっかり怯えて
立ちすくんだままだった

ぼくはふと考えた
ロバかポニーだったらどうだったか
馬が脚が速いなんて嘘だった
遠くへ行けるなんて
一歩も動けなくなるなんて
強情で
弱虫だったなんて
ぼくはこっそり馬に聞いてみた
おじいさんの腕の中から
身を乗り出して
馬の耳に口をつけて

馬が話してくれたことは
誰にも言えない
知らん顔して
馬らしく
ポカポカ
ぼくたちを乗せて
闊歩していたのだから
炎の美しさに魅せられてしまったからだなんて
おじいさんと一緒に死ぬのが本望だからだなんて

Ⅲ　おじいちゃんの夢　レクイエム

かまきり

ぼくが今一番すきなのは
かまきり
去年は怪獣だったんだ
かまきりは
怪獣の生き残りのような気がする
パパはそれはどうかな
と相手にしてくれない
怪獣の生き残りは
鰐とか蜥蜴なんじゃないの
とママも言う
かまきりは虫類だよ
でもかまきりは
実際に見ることができるんだ
捕まえることもできる
学校へ行く道にも
おばあちゃんの庭にも

ぼくの住む
マンションのベランダにも
鎌を振りかざして
構えている
だからいいんだ
安心なんだ

ぼくの部屋には
怪獣のおもちゃがいっぱい
塗り絵も絵本も
そして立派な図鑑があるんだ
プライミーバルも全部見た
でもそれは去年のこと
今年はぼくは一年生
おじいちゃんが買ってくれた
ランドセル背負って

学校へ行く
幼稚園を卒業した日
おじいちゃんのおうちへ
ランドセル背負って行った
おじいちゃんに会った最後だ
おじいちゃんはベッドの中で
おうと言った
いつものあいさつだ
卒業おめでとうと
怪獣図鑑をくれた

おじいちゃんは今は写真
ぼくは怪獣のおもちゃを全部
高い棚の上に乗せた
怪獣はおじいちゃんと
遠いところに行くのだ

ぼくの怪獣たちが
宇宙の始まりまで連れて行くんだ
遠くの時間へ
いつか裂け目から
怪獣に乗っておじいちゃんが
帰ってくるまで
ぼくの怪獣はおじいちゃんの守護神
しっかり守るんだ
ぼくはかまきりになって生き残って
待っている
いつも見えるところで
鎌振り上げて
合図する

金魚

縁日でおじいちゃまと
金魚をすくった
おじいちゃまも結構下手
これでおしまいと
ママが言ったときだったのだ
だからぼくたちは大自慢だった
お正月が来ても
金魚は元気
金魚は何十年も生きるのだって
鉢を変えたり
怖がらせたりしちゃだめ
ストレスに弱いんだって
そして
餌をやりすぎてはいけない
とおじいちゃま
ぼくはたくさんやりたくて

おじいちゃまにかくれて
こっそり餌をやる

明日東京に行くよ
とママが言った
パパもお兄ちゃまも行けないから
ママと二人でね
東京は寒くて
おじいちゃまは病院にいた
子どもは本当はお見舞いしてはいけないって
ママはお医者さんにぼくが診てもらうふりして
連れて行ってくれた
金魚の世話頼むよ
餌やりすぎちゃだめだよ
おじいちゃまは
おなかを壊しているんだって

食べ過ぎたんだろうか
もう決して
こっそり金魚に餌はやらない
ぼくは誓った

小さな世界は
住み心地がいい
柔らかい苔
ゆらゆらの浮き草は
身を隠すのに最適
プライバシー満点の
自分だけの城
日が照っても
雨が降っても
自分だけの居場所
隅から隅まで知り尽くした

宇宙

ここには誰も入れない
間違い無しの天下人
毎朝餌をくれる
大きな手
小さな手
いつの間にか
お三時はくれなくなった
楽しみだったのに
大きな手も見えなくなった
いつもきっちり同じだけ
餌をくれたのだ
あの指先
そしていつからか
鉢の上に籠がかぶさった
少し見通しのよくない宇宙になった

夏休みから帰ると
留守番のおばさんが騒いでいる
蛇が金魚を狙ったのです
ドクダミや雑草を取り払い
荒れた庭の手入れをした
それでも心配で
おばあちゃま
金魚鉢を部屋に入れた
おばあちゃま一人のこのお城に
もう一つの独居城
同居していても
お互いにおかまいなし
人間と金魚の宇宙は
別々
金魚は実に無口

一日の朝だけ
おはようと挨拶
ぱくぱくとお返事

おばあちゃまは
金魚に餌をやりすぎるな
とは言わないけれど
自分は忘れてしまうことがある
おじいちゃまの仏壇に
ご飯をお供えすることも
忘れたことがあるんだって
ぼくはこのごろ心配なんだ
お腹空いてるかどうか
どうしてわかるのだろうかと
仏様はお腹空かないいんだよ
お兄ちゃまは言う

でもそれならどうして
お茶やご飯をあげるの
おじいちゃまは
ぼくを置いて仏様になった
ぼくもおじいちゃまと一緒に
仏様になりたかった
とんでもない
とママは笑った
まだまだ早いよ

金魚の赤い模様
おじいちゃまのお腹にもきっとあった
毎朝金魚鉢を覗く時
おじいちゃまのお腹が心配
ちゃんと餌をやれば
赤がきれいに光るんだ

赤いお腹の仏様が目印
ご飯もって探しに行こうかな
おばあちゃまにまかせておけない
大丈夫とママ
来年の夏には帰ってきますよ
みんな　みんな
それまで
おばあちゃまは
金魚と二人暮らし

野球の話

ぼくはドジャーズファン
日本選手では松井が一番
ドジャーズは
ブルックリンからロスへ移って来た
ブルックリンは
アメリカのおじいちゃまが生まれたところ
松井は東京から移って来た
ぼくたちは毎年東京へ行く
おじいちゃまのおうちに
おじいちゃまはタイガースが好き
一度巨人阪神戦へ連れて行ってくれた
寝ちゃったぼくをおぶって帰った
おじいちゃまは大阪で生まれたんだって
ぼくが生まれたのはサンフランシスコ
でも今は
野球もフットボールもバスケットも

ロスを応援
日本選手は誰でも応援

おじいちゃまが小さい時に応援したのは
南海ホークスなんだって
今はもう南海というところにはいなくて
名前は変わってしまったけど
おじいちゃまも
大阪から京都へそして東京へ
そしてロスにも来たんだ
場所も名前も変わっても
関係ないんだって
ファンはファンなんだって
おじいちゃまは野球のことは何でも知っている
アメリカの選手のことも
東京ではリトルリーグへぼくを連れて行く

監督とたくさん話をする
帰ってからぼくにいろいろ教えてくれる
でもこのごろはキャッチボールもしてくれない
寝てばかりいるんだ
ぼくがロスへ帰る時も
今日勝ったぞって
いつもの通り
ぼくはロスから毎日電話する
ドジャーズの記録の取り方を教えてくれたんだから
その報告をする
寝ていてもおじいちゃまは熱心だ
野球のことなら長いあいだ聞いてくれる
パパがもうよせと言う
ママは他に話すことないのと言う
でもみんな知らないんだ
おじいちゃまがどんなに野球が好きか

ぼくは他のことにも夢中になるけど
おじいちゃまは違うんだ
もう見に連れて行けないなって
いつも電話切る時に言う
だから話してあげなきゃだめなんだ

生まれ変わり

八月に弟が生まれた
ママはおじいちゃまの生まれ変わりだという
何度見ても
おじいちゃまには似ていない
ぼくのおじいちゃまはかっこよかった
からだに乗っかっても
ボールがあたっても
痛いって言ったことがない
悪いことしても
こら、と言うだけ
今忙しいからとか
あっちで遊んでとか
静かにしていなさいとか
決して言わない
キャッチボールしようと言うと
よし

怪獣ごっこしようというと
よし
ご本読んでと言うと
よしよし
おじいちゃまも
ご本作ったんだって
でもそのご本を読んでくれたことはなかった
おじいちゃまはとっても物知りなんだ
ママがいつも言う
大学の先生のパパよりよっぽどね
弟も物知りになるかな

人は死んだら生まれ変わるの
パパに聞きたいんだけれど
なんだか聞けない
八月生まれのおばあちゃまは

その前に亡くなったおばあちゃまのおじいちゃまの
生まれ変わりなんだって
かなおばちゃまは
同じ月に亡くなった佳奈のおばあちゃま
ぼくのひいおばあちゃまの
生まれ変わりなんだって
ゆきおおじちゃまも
たくろうおじちゃまも
ぼくのひいおじいちゃまの
生まれ変わりだと
自分でも言ってた
二人に生まれ変わることできるのかな
パパやママもきっと誰かの
生まれ変わり
このぼくは
誰の生まれ変わりなんだろう

おばあちゃまに聞いてみた
お釈迦様かな
それとも
いたずらだから
孫悟空かな
だって

弟がおじいちゃまの生まれ変わりなんて
おかしい
確かにぼくを見て笑うけど
おじいちゃまはあんなに世話が焼けなかった
でも
ママがあんなに大切に抱くんだから
きっと
ママは物知りが好きなんだ
ぼくも物知りになれるかな

あとがき

二〇〇九年の春、孫たちのヒーロー、おじいちゃまが亡くなった。
その夏、サンタバーバラの一軒家を借りて孫たちと過ごした。

森洋子さんありがとう。篠崎佳代さんありがとう。
思潮社の藤井一乃さんありがとう。
「カリヨン通り」ありがとう。

水田宗子

二〇一〇年三月

初出

サンタバーバラの夏休み　動物の夢
「カリヨン通り」第１号 2009. 9. 25
サンタバーバラの夏休み　山火事の夢
「カリヨン通り」第２号 2009. 12. 1
サンタバーバラの夏休み　おじいちゃんの夢──レクイエム
「カリヨン通り」第３号 2010. 3. 15

水田宗子（みずた のりこ）
詩集『春の終りに』『幕間』『炎える琥珀』『帰路』など。著書『Reality and Fiction in Modern Japanese Literature』『エドガー・アラン・ポオの世界──罪と夢』『鏡の中の錯乱──シルヴィア・プラス詩選』『ヒロインからヒーローへ──女性の自我と表現』『ことばが紡ぐ羽衣』『二十世紀の女性表現』『女性学との出会い』『尾崎翠──第七官界彷徨の世界』『ジェンダーで読む＜韓流＞文化の現在』など多数。

森 洋子（もり ようこ）
東京芸術大学美術学部卒業、同大学院修了。2000年「たけしの誰でもピカソ」第２回映像アーティストピカソ大賞受賞。受賞作品『KIOKUEIGA』。2001年、東急世田谷線で、「森洋子絵写真電車」運行。2005年、絵本草稿『路地裏の鬼』が文化庁メディア芸術祭審査委員会推薦作品になる。現在、城西国際大学福祉総合学部助教。著作絵本『かえりみち』（トランスビュー）『まよなかのゆきだるま』（福音館書店）。

サンタバーバラの夏休《なつやす》み

著者
水田《みずた》宗子《のりこ》
発行者
小田久郎
発行所
株式会社思潮社
〒一六二—〇八四二　東京都新宿区市谷砂土原町三—十五
電話〇三（三二六七）八一五三（営業）・八一四一（編集）
印刷
三報社印刷株式会社
製本
小高製本工業株式会社
発行日
二〇一〇年六月三十日